Collection " Patrie "

40 c.
Le récit complet illustré.

HENRI D'ORCINES

L'AVION FANTÔME

L'AVION FANTÔME

I

Un petit homme peu banal

Quel singulier bonhomme il y avait là. Nul oncques ne vit semblable phénomène dans l'aviation française...

Haut comme trois pommes, — 1 m. 54! — large d'épaules et remarquablement proportionné malgré l'exiguïté de sa taille, Georges Lécuyer joignait encore à ces qualités physiques le charme d'un visage agréable. Il était châtain foncé, avec des yeux bleus extrêmement clairs, où pétillaient l'intelligence et la malice. Son petit nez droit et volontaire dominait une bouche aux lèvres sanguines, meublées d'une dentition de jeune loup et qu'ombrageait une fine moustache coupée court, à l'américaine.

Mais, ce qui ne peut se décrire, c'est le sourire de Georges Lécuyer, pilote aviateur à l'escadrille B R 29 C 4 249, la fameuse escadrille des *Hirondelles!* Sourire à la fois loyal, fin, railleur, pitoyable et rusé; sourire « plus énigmatique que celui de la Joconde, mon vieux!... tu parles!... » disait de lui en riant son excellent camarade et co-équipier le lieutenant Valette de Lapérine de Courtoy, observateur-mitrailleur

Vous ai-je dit que, malgré l'exiguïté de sa taille, le pilote-aviateur Lécuyer avait le grade de sous-lieutenant, un certain nombre de citations, trois blessures, et qu'il portait le tout avec une véritable distinction?

Là n'était pas la particularité physique ou morale la plus caractéristique chez celui que ses camarades et même ses subordonnés appelaient le plus souvent « le phénomène de l'escadrille ».

Ce qui distinguait surtout Georges Lécuyer, c'est qu'il était poète.

Non pas seulement poète pour avoir publié déjà deux recueils de vers appréciés des délicats, mais poète encore et surtout par sa sensibilité excessive, la générosité inégalable de son caractère, sa haute et superbe conception de la sentimentalité humaine et une imagination richissime.

A cause de toutes ces raisons, le commandant de la B R 249, capitaine Ardent, soldat rigide et juste, l'avait reçu sans effusion à son arrivée.

— Brr! s'était dit Lécuyer... Quel accueil!... Va-t-il falloir que j'en fasse du feu pour fondre cette glace!...

Le fait est que le pilote avait eu besoin de près de six semaines pour arriver à capter la confiance de son chef. Passé ce temps, il la possédait tout entière, sans restriction aucune, l'ayant conquise par son courage, son habileté, son intelligence et sa bonté.

— Cet enfant est un héros, disait à présent le capitaine Ardent. Si seulement il n'écrivait pas des choses poétiques, je le proposerais volontiers en exemple à tous les futurs as de l'aviation française.

— Un beau fruit dans lequel il y a des vers... blaguait le capitaine Dumas adjoint au commandant de l'escadrille.

Ce à quoi Girard, un des doyens parmi les officiers observateurs du groupe, ripostait, non moins gouailleur :

— T'en as de l'esprit va!...

Bref, le lieutenant Lécuyer fournissait à ses camarades de constants sujets de conversation et d'amicale plaisanterie.

Car il ne faudrait pas croire qu'entre deux combats ou deux vols au-dessus de l'ennemi, les aviateurs de la B R 249 passaient le temps à raconter leurs extraordinaires prouesses ou ne traitaient exclusivement que de la guerre.

La guerre, ils la faisaient, ils la vivaient. Pendant les intervalles de repos, leur plus grande joie c'était de n'y plus penser et de parler d'autre chose...

Donc, Georges Lécuyer, durant ces périodes calmes, cultivait la musique, l'art et la poésie et rêvait dans la mesure où de telles distractions sont permises tandis que le fer et le feu vous menacent à tout instant et que la mort rôde autour de vous...

***

O vous les incompris, les rêveurs, les poètes...

chantait sur un mode élégiaque, l'imitateur de Gabriele d'Annunzio, en rejoignant son coucou, immobile sur la piste de départ, mais prêt à s'envoler, en même temps que les autres « zingues » de l'escadrille.

Les pilotes, les observateurs et les mécaniciens étaient tous présents : les uns déjà installés sur leur siège dans la carlingue, d'autres bavardant encore sur la piste, certains passant une dernière inspection générale avant le départ, vérifiant la résistance des cordes à piano, des attaches, des haubans et s'assurant du bon fonctionnement des appareils de bord ou du gouvernail de profondeur.

Engoncé dans sa « combinaison » de cuir fourré, la tête emboîtée dans son casque, le sous-lieutenant Lécuyer semblait perdu dans son vêtement.

— Vous avez l'allure d'un scaphandrier! remarqua le capitaine Dumas, toujours blagueur.

— Le scaphandrier de l'air... Euh! euh!... Ce n'est déjà pas si commun! plaisanta le pilote.

Fricot, mécanicien d'avions, plus spécialement affecté à l'entretien et à la surveillance de *Pégase* (ainsi se nommait l'aéroplane du poète-pilote), s'écria en voyant arriver son chef :

— Ne vous en faites pas, mon lieutenant, j'amène l'échelle...

Et, moitié gouailleur, moitié sérieux, il s'éloigna à à toutes jambes, pour revenir presque aussitôt avec l'échelle idoine à faciliter aux petites jambes du sous-lieutenant pilote Lécuyer l'ascension de sa carlingue.

— Tu es tout plein mignon, dit l'aviateur, habitué aux manières de son mécano, dont le dévouement ne faisait d'ailleurs pas le moindre doute. Tu es un « as » dans ton genre, et pour te récompenser, je te ferai cadeau, dès notre retour, d'un morceau de nuage découpé, à ton intention, dans le grand manteau du ciel. Ça te va?

Le sous-lieutenant Lécuyer semblait perdu dans son vêtement (p. 3).

— Je vous demande pardon, mon ieutenant... mais si ça ne vous faisait rien, j'aimerais mieux une cigarette.

— Profane que tu es!... Une cigarette plutôt qu'un lambeau d'azur!

— Le tabac fait de la fumée... les nuages, c'est presque de la fumée... Au fond, mon ieutenant, il n'y a pas de différence

Lécuyer adorait les gens de bon sens... lui qui n'avait pas toujours des idées parfaitement sensées.

— Ça, mon brave Fricot, ça vaut un paquet de cigarettes tout entier. Tiens, prends celui-ci.

— Merci, mon ieutenant... Je penserai à vous tout le temps.

— Tout le temps que tu auras de quoi fumer?... Alors, ça ne durera pas, je te connais.

— Mais le sergent chef des mécaniciens s'époumonnait à crier : « Fricot!... Fricot!... »

— Voilà, voilà! Présent! répondit Fricot.

— Et, avant de s'éloigner, tandis que le pilote gravissait les premiers échelons pour atteindre la carlingue de *Pégase* où le coéquipier de Lécuyer, le lieutenant observateur Valette, déjà installé, lisait paisiblement son journal, le petit mécano jeta ces mots à son chef :

— Je ne vous souhaite pas « bonne chance », mon ieutenant, parce que ça fiche « la poisse »... Mais si vous voulez mon fétiche Nénette et Rintintin, faut pas vous gêner, vous savez...

— Merci. Merci bien, Fricot. Je n'en use pas; tu le sais.

Fricot s'éloignait déjà à toutes jambes, selon son habitude.

— Eh bien, Valette! les nouvelles sont-elles bonnes? demanda Lécuyer à son observateur, toujours plongé dans sa lecture.

Le lieutenant qui, ce jour-là, n'était guère loquace, répondit :

— Toujours la même chose.

— Il nous faudra donc tâcher de faire ajouter quelques lignes au communiqué officiel, pour le corser un peu. Qu'en dites-vous?

— Je ne demande pas mieux.

Tous les avions étaient à présent alignés sur la piste en ordre de départ. Les hélices des premiers ronflaient joyeusement. Pilotes et observateurs se trouvaient à bord. On n'attendait que le signal pour s'envoler.

Georges Lécuyer sifflotait des fragments d'une chanson-marche dont il était l'auteur, sans vanité. Ce délicat cultivait tous les genres et savait accorder, selon les circonstances, les cordes de sa lyre :

La route est froide,
Nom d'un kien!
La route est roide,
Ça fait rien!
Oh la! buvons la goutte,
Ça va bien.
Oh la! vive la route!
Patata, patata, patata
Carapata!

Et comme le signal était donné, il faillit s'élancer en retard.

— Zut! s'écria-t-il en revenant à la réalité. Zut! pour la poésie des carapatas et des marche-à-pied!

Ayant lancé son avion, le lieutenant Lécuyer ne tarda pas à décoller et à s'élever à son rang, parmi les autres B R 29 C 4 de la 249, l'escadrille fameuse des *Hirondelles*!

II

Comment le pilote-aviateur Lécuyer se comportait pendant un combat aérien

Dès que son avion avait décollé, le poète-aviateur Lécuyer contrairement à ce qui eût été logique, puisqu'il avait enfourché *Pégase*, ne pensait plus au rythme ni à la rime. Adieu la poésie et les poètes, les consonnes d'appui, la césure et les harmonies! La rime faisait place à la raison. Le seul rythme auquel s'arrêtait son esprit était celui des pistons du moteur. Pourvu qu'il fût continu, régulier, sans fausses notes, le front du poète restait serein.

L'escadrille des *Hirondelles*, une demi-heure à peine après son envol, patrouillait au-dessus des lignes allemandes.

C'était au temps où le front boche, après la riposte victorieuse entreprise le 18 juillet 1918, commençait à craquer de partout. Nous avions repris Château-Thierry et Soissons, Saint-Mihiel et Saint-Quentin et fixé déjà le sort de la guerre.

L'aviation ennemie, convaincue d'avoir perdu la supériorité du nombre et du matériel, ne manifestait plus aucune témérité ni aucun esprit d'initiative. Certes, les aviateurs boches exécutaient encore, avec leur coutumière discipline, les ordres du commandement, mais ils les exécutaient, pour ainsi dire, sans conviction.

Les escadres alliées bénéficiaient d'une incontestable autorité. Les aviateurs français, britanniques, américains, italiens pouvaient, avec raison, prétendre à la maîtrise du ciel.

Alors, le gros des forces aériennes alliées ne s'attardait plus à chercher spécialement le combat contre les formations adverses. C'était aux armées ennemies en mouvement, aux convois, aux dépôts, aux réserves que s'attaquaient pilotes, mitrailleurs et bombardiers. Notre aviation prenait une part active à la bataille et elle y tenait vraiment une belle place, une place magnifique!

Les communiqués officiels de chaque jour et de toutes les armées le reconnaissaient, en termes brefs mais éloquents.

Donc, avec ses camarades de la célèbre B R 249, Georges Lécuyer allait, ce matin-là, attaquer à la mitrailleuse les arrière-gardes ennemies qui se retiraient derrière leur fameuse ligne Hindenburg à peu près enfoncée.

Les avions français volaient de conserve et à très petite distance d'eux, c'est-à-dire à cinq ou six kilomètres à peine; sur leur droite et sur leur gauche, d'autres groupes ou escadrilles alliées suivaient une direction parallèle pour exécuter quelque mission analogue.

— On ne voit encore rien qui vaille la peine de risquer une bande de cartouches, cria le lieutenant Valette à l'oreille de son pilote.

— En effet... Le capitaine Ardent vole en tête. Attendons son signal.

Le signal ne se fit pas attendre longtemps; un feu bleu et un feu rouge à l'arrière de l'avion du chef, et aussitôt les Spad commencèrent à décrire de majestueuses spirales en descente.

— Y a bon! s'écria Valette.

— Yès! répondit Lécuyer.

Mais à peine avaient-ils dit ces mots que *Pégase* fut secoué comme une feuille et fit une embardée telle que, pour le maintenir en direction, le pilote dut actionner simultanément toutes les commandes de l'avion. Heureusement, les réflexes du lieutenant Lécuyer gardaient la souplesse et la précision que l'on trouve chez un être jeune et robuste, dont le cerveau net agit avec la rapidité de l'éclair.

— Diavolo!

Ils venaient de l'échapper belle! Un 105 ayant éclaté au-dessus d'eux, c'est au déplacement d'air produit par l'explosion que *Pégase* devait d'avoir été si fortement « chahuté ».

En vérité, un miraculeux hasard, seul, avait préservé l'avion.

D'autres éclatements, se succédant avec rapidité, indiquaient un barrage dense d'artillerie tendu par l'ennemi.

— Ils réagissent, aujourd'hui! remarqua Valette.

— Peuh! fit Lécuyer d'un ton dédaigneux dont la signification pouvait échapper à son camarade, mais se précisait ainsi, en réalité : « Nous en avons vu bien d'autres! »

Le commandant de l'escadrille signalait : « Attaquez au plus près possible du sol. »

En regardant au-dessous d'eux, les aviateurs français découvraient un gros rassemblement de troupes en réserve, avec leur train de munitions et d'approvisionnements.

— Ah! la belle cible! ricana Valette.

Et, tel un épervier fonçant sur sa proie, *Pégase* piqua droit au-dessus d'une formation d'artillerie qui attendait, au milieu des champs, les ordres du commandement.

« Tactatatac...tatatac », chanta la mitrailleuse de Valette, tandis que l'avion passait comme une flèche à trente mètres à peine au-dessus des artilleurs boches.

Le mitrailleur se retourna pour regarder au-dessous de lui et il eut le temps de voir plusieurs corps étendus à terre, des groupes mouvants, des soldats qui s'enfuyaient dans toutes les directions pour trouver un abri, tandis que des chevaux effrayés ayant rompu leurs harnais, partaient droit devant eux, en une course folle.

Des scènes analogues se déroulaient partout où les *Hirondelles* avaient rasé le sol de leur vol rapide et vengeur, sans même que l'ennemi, surpris, désemparé, songeât à la riposte.

Tous les avions étaient à présent alignés sur la piste (p. 4).

A part les coups de canon des D. C. A., lesquelles ne purent, naturellement continuer leur tir lorsque les Spad se précipitèrent vers le sol, pas un Boche, chef ou soldat, n'eût l'idée ni le temps de faire usage de ses armes contre l'assaillant.

Pas un coup de feu ne fut tiré sur les avions français.

— Pour une surprise réussie, ça c'est une surprise réussie, remarquait Léeuyer tout en tirant à lui, tant qu'il pouvait, « le manche à balai » de direction, afin de reprendre de la hauteur.

— Le voilà, le vrai sport, le sport passionnant! renchérit Valette. C'est autre chose que le canotage, le golf ou le polo.

— Attention!

A présent, les Spad se trouvaient réunis à 1.200 mètres et recommençaient à décrire leurs cercles d'éperviers avant de redescendre une seconde fois sur les victimes choisies; mais les 77 des D.C.A. boches, voire même deux ou trois pièces de gros calibre, recommençaient aussi à tirer sur eux en rafales.

Un petit éclat venait de traverser le plan supérieur de *Pégase*, déchirant la toile, et c'est ce qui avait arraché au pilote le cri d' « Attention ! » à l'adresse de son camarade. Cri d'ailleurs superflu, attendu qu'il n'y avait pas lieu, pour le mitrailleur, de faire attention à cette minute-là plus qu'aux minutes précédentes ni aux minutes qui allaient suivre.

Voler parmi les tirs de barrage, c'est en quelque sorte se promener, à la vitesse de 200 kilomètres à l'heure, au milieu de réseaux de la mort qui seraient tendus en travers du ciel.

Mais un aviateur a-t-il le temps d'y penser?

Presque immédiatement, le capitaine Ardent signala l'ordre d'une seconde attaque à exécuter dans des conditions analogues à celles de la première.

Cette fois encore, Pégase passa comme un dard au-dessus d'une formation d'infanterie en marche et sema la terreur et la mort dans ses rangs.

Mais des officiers et des soldats tirèrent sur l'appareil, et une balle perdue vint atteindre à l'œil gauche le lieutenant Lécuyer.

— Ah!... se borna-t-il à faire.

Et les réflexes de sa volonté agissant aussitôt lui firent réunir ses forces et son énergie pour continuer à piloter.

Les feux du chef d'escadrille signalaient l'ordre de retour.

Lécuyer ne parlait pas, ni n'avouait sa souffrance à son mitrailleur. Toute sa volonté se concentrait sur cette pensée : « Rentrer ».

Mais en aurait-il la force... ou le temps?

Le sang qui coulait le long de sa joue gauche tombait goutte à goutte sur sa combinaison, sur ses gants, dans la carlingue.

Par instants, son intelligence et sa vue se troublaient. Sa vue!... Et il n'y voyait plus que de l'œil droit!

Cependant, il ne s'arrêtait même pas à songer à sa blessure. Il ne lui eût pas été possible de localiser mentalement le siège de la douleur tellement tout le côté gauche de la tête commençait à le faire souffrir.

Crispé sur les commandes, le regard de son œil valide rivé sur le badin, l'oreille tendue pour écouter si la « respiration » du moteur restait toujours régulière, il calculait anxieusement le temps nécessaire pour franchir la distance qui le séparait encore du terrain d'atterrissage. Quinze kilomètres environ. L'affaire de quelques minutes.

Mais déjà son cerveau s'embrumait, ses oreilles bourdonnaient.

Quand les toiles des Bessonneaux devinrent visibles, Lécuyer se sentit défaillir.

— Valette!... appela-t-il d'une voix éteinte, où il mettait pourtant tout ce qui lui restait de vigueur; Valette!...

L'officier observateur n'entendit sans doute pas, mais il devina. S'étant levé, il vit et comprit.

— Ah! pauvre ami!

Sa décision agit aussi prestement que sa pensée. Vingt secondes après, il avait enjambé la séparation et tandis que le pilote, à bout de résistance, lui abandonnait les commandes, puis se laissait choir mollement à côté de son siège, l'officier mitrailleur pilotait l'avion, tant bien que mal, et parvenait, non sans « sonner un peu le coucou », à atterrir sur la piste du terrain de départ.

III

Le borgne satisfait

Environ cinq semaines après le jour où le lieutenant mitrailleur Valette avait pu, grâce à son coup d'œil rapide et à son merveilleux sang-froid, échapper à la mort et sauver son camarade, en prenant à temps la place du pilote dans la carlingue de l'avion *Pégase*, Georges Lécuyer reparaissait à l'escadrille des *Hirondelles*.

Malgré le bandeau noir qui cachait son œil gauche, notre héros avait bonne mine, un teint rose, les traits reposés et son « cache-vue » ne lui seyait pas trop mal.

Empressés autour de lui, ses camarades le bombardaient de compliments, de prévenances et aussi de questions.

— Eh quoi! répondait-il. Ce qui m'est arrivé?... Valette a dû vous le raconter. Il le sait mieux que moi, lui; car, moi, je ne me souviens plus de rien ou presque...

— Vraiment?

— Si! je me souviens que je dois la vie à Valette

— Valette!... Valette! appelaient les aviateurs.

Et quand le mitrailleur parut et reconnut, au milieu du groupe, son pilote rose et solide, ayant encore bon pied bon œil, — sinon bons yeux, — il s'élança.

— Mon vieux Lécuyer!

Les deux hommes s'embrassèrent sans façon comme des cœurs naïfs et sincères.

— Que je suis donc heureux de vous... de te revoir.

— Et moi donc, cher ami!... Je n'ai rien d'un Monsieur Perrichon et il m'est doux, ô combien! de vous... de te, comme tu dis... oui, de te prendre les mains et de les serrer dans les miennes avec effusion.

— Entre nous, maintenant, c'est à la vie, à la mort, n'est-ce pas?

— Oui... comme auparavant d'ailleurs.

— Comme autrefois, si tu veux... Mais ce n'est pas tout à fait la même chose pourtant... Il y a un petit changement.

— Lequel?

— Ne te dois-je pas la vie?

— Parbleu! la belle affaire!

— Tu en parles à ton aise.

— Je veux dire qu'il n'y a pas de quoi en faire une histoire. D'autant qu'en te sauvant la vie, j'ai sauvé ma propre carcasse. C'était autant pour l'un que pour l'autre, tu sais.

— Je l'admets. Seulement, comme je suis honnête, il faudra bien que je te rembourse un jour ou l'autre.

— Pas de ça, mon cher... En voilà une idée!... Non! mais croyez-vous qu'il en a de bonnes, le phénomène... Ne faudrait-il pas maintenant que je me mette en instance de « démolition » pour offrir à monsieur l'occasion de s'acquitter envers moi.

Les aviateurs qui faisaient cercle autour du borgne-phénomène-poète-pilote aviateur partirent en francs éclats de rire.

Le capitaine Dumas arrivait.

— Ah! le voilà revenu, notre porteur de lyre!... Comment allez-vous, mon cher brave Lécuyer?

— Mais, plutôt bien, mon capitaine. A part que maintenant, je dois regarder les gens comme si j'étais Cupidon lui-même.

— ...?

— Oui... Cupidon... l'Amour qui ne sort jamais sans son bandeau sur les yeux.

— Sur les yeux! Et vous ne l'avez que sur un œil... Allez, allez, poète... Vous pourrez encore chanter l'amour, mais vous ne vaudrez jamais que la moitié du petit dieu.

— A moins de perdre aussi l'autre œil...

— Et encore!...

— Pour parler sérieusement, avez-vous souffert? Souffrez-vous encore? Pensez-vous pouvoir piloter de nouveau?

— Si je pense pouvoir continuer à piloter! se récria Lécuyer en redressant sa taille exiguë... Mon capitaine, vous ne pensez pas que... Ah non! ce serait trop cruel... D'abord on ne pilote pas avec les yeux, mais avec les bras et les jambes.

— Ne vous fâchez pas, mon ami... Si l'œil droit est toujours bon...

— Oh mon capitaine! c'était le meilleur.

Tout le monde se mit à rire de plus belle.

— Et puis, voyez-vous, être borgne, c'est si peu de chose. Si l'on ne me l'avait pas dit...

— Vous ne le sauriez pas, je parie?...

— Effectivement. Et la preuve en est que :

Ah! pauvre ami! (p. 9.)

Moi, je me porte bien encore
Et m'en suis à peine aperçu;
En effet, mon œil droit ignore
Ce que mon œil gauche a reçu!...

Ceci montre que, malgré tout, le lieutenant Lécuyer était satisfait de son sort.

IV

Comment le pilote-aviateur Lécuyer devint la proie d'une idée fixe

Durant les longues semaines qu'il venait de passer à l'hôpital ophtalmologique numéro 7 de Lyon, notre héros et notre ami avait reçu :

1° La croix de la Légion d'honneur enveloppée dans une septième citation à l'ordre de l'armée;

2° Un nombre assez imposant de bouquets de violettes, de paquets de tabac, de boîtes de cigares, de sacs de bonbons offerts ou envoyés par des camarades, des sociétés de bienfaisance, des dames visiteuses de la Croix-Rouge et des admirateurs anonymes;

3° Un lot de livres nouveaux, cadeau somptueux d'un aimable éditeur parisien;

4° Une lettre de Gabriele d'Annunzio, le grand poète italien, commandant d'une escadrille glorieuse, et qui disait à Lécuyer avoir prisé fort un de ses poèmes.

Naturellement, c'est la lettre du poète qui toucha le plus le cœur du pilote de *Pégase*.

Un jour, au mess, après que l'escadrille d'Annunzio fut revenue de son raid sur Vienne, où nos amis d'Italie, avec une chevaleresque élégance, s'étaient bornés à lancer des proclamations en guise de bombes, de jeunes pilotes avaient cru pouvoir « blaguer un peu fort », l'exploit du commandant d'Annunzio. Alors, Lécuyer s'était mis dans une belle colère et il avait houspillé vertement ses petits camarades.

— Vous me faites de la peine, messieurs... Que la splendeur d'un inégalable génie ne vous éblouisse pas, soit. Que la beauté d'une attitude désintéressée vous échappe, passe encore. Chacun a le droit d'ignorer qu'un poète, un vrai, un grand, un sublime poète, est l'égal d'un dieu. Mais il n'est pas un Français qui doive se méprendre sur la noblesse d'un geste courageux et magnanime.

« Or, à vous entendre « charrier », il me semble que ce ne sont pas des Français qui parlent... Quoi, vous auriez oublié à ce point l'exemple de nos ancêtres à Fontenoy?

« Vous reprochez à l'auteur de *la Figlia de Jorio* et à ses camarades d'avoir emporté à leur bord des paquets de papier, au lieu de bombes et de torpilles!... Non... je me refuse à croire, en vous écoutant, que vous êtes en possession de toute votre raison ou que vous n'avez pas trop bu...

— La barbe! interrompit d'un bout de la table le lieutenant Challier, un solide buveur.

Alors, Lécuyer ne jugeant pas utile de pousser plus avant, lança sa serviette à la volée et sortit en tapant les portes.

Au dehors, l'air frais de la nuit calma instantanément son irritation. Il rentra dans « son gourbi » et se mit à écrire.

C'est ce soir-là qu'il termina son poème dont le premier vers était :

O vous les incompris, les rêveurs, les poètes...

A l'hôpital, alors qu'il s'y trouvait immobilisé par les différents stades d'une énucléation douloureuse, mais courageusement supportée, le poète, s'il n'avait pas eu la possibilté de lire et d'écrire autant qu'il l'eût désiré, — défense de la faculté! — put du moins réfléchir tout à son aise.

Et la folle du logis s'en donna, chez lui, tant et plus.

Un problème d'aviation préoccupait particulièrement le pilote, celui de l'invisibilité des aéroplanes, d'une invisibilité aussi complète que possible.

Bien qu'il fût doué d'une imagination d'inventeur et de feuilletoniste tout à la fois, Lécuyer ne s'égarait pas dans la recherche des solutions abracadabrantes.

Que non pas! « Un poète n'est pas forcément un idiot », disait-il.

En sorte que pour lui, dans l'état actuel des connaissances scientifiques, il ne semblait guère admissible qu'on pût arriver à autre chose qu'à l'invisibilité relative « d'un corps solide et opaque se mouvant dans l'espace ».

Après avoir envisagé l'hypothèse des éjections de fumées, celle de la transparence des ailes, il abandonna ces idées. De tels procédés ne pouvaient empêcher, en effet, ni l'avion d'être vu, une fois les fumées dissipées, — et avec la vitesse... — ni le ventre de l'appareil, la carlingue, de rester opaque.

Petit à petit, de déduction en induction, et inversement, il avait été amené à penser que la solution la plus proche de l'idéal, consisterait à camoufler l'avion tout entier, selon des principes très simples, auxquels il eût suffi de songer plus tôt pour les mettre en application.

La lumière diffuse de l'atmosphère est faite d'une infinité de mélanges de couleurs triturées, malaxées jusqu'à n'être plus que d'innombrables atomes de teintes agités dans l'espace, mais ne pouvant, de toute façon, se décomposer que selon les couleurs fondamentales du spectre solaire. Ce qui revenait à dire, pour lui, attendu que la lumière du jour n'est pas autre chose que la lumière solaire plus ou moins diluée : « Un corps qui se meut dans l'espace serait d'autant moins visible qu'il revêtirait un pointillé plus innombrable de couleurs primitives ».

Le mimétisme appliqué à l'aviation!

Et cette idée n'était pas plus bête, après tout, que beaucoup d'autres idées adaptées utilement à la navigation aérienne, sans parler des idées saugrenues inspirées par la science aéronautique à de nombreux cerveaux en délire.

Aussi, pour Lécuyer, ne s'agissait-il plus que de faire un essai. L'expérience ne présenterait pas de grandes difficultés. L'autorisation nécessaire pour « barbouiller » son avion selon sa conception personnelle, il l'obtiendrait, sans doute, avec de la ténacité et de la persuasion, bien que l'on eût renoncé, sur avis de la S.T.A. (1) à tous essais officiels de camouflage. Surtout qu'il n'y avait aucune dépense à engager « au compte de l'Etat », ni aucun risque de dégradation d'un « matériel appartenant à l'armée ».

Au lieu d'ornementer *Pégase* avec des dessins géographiques de régions houillères, forestières ou agricoles, indiquées en blanc, en bleu, en vert ou en noir, on lui passerait une robe aux tons changeants variables selon les mouvements et la position visuelle, comme ces soieries dont il est impossible de préciser la nuance, parce qu'elles sont tissées en fils de mille couleurs et que l'on appelle éoliennes.

Le pointillisme ne faisant pas ses frais en peinture, acquerrait peut-être une juste célébrité dans la science.

Après avoir passé de nombreux jours à convaincre ses chefs, Lécuyer finit par obtenir d'eux l'autorisation sollicitée.

La chose, après tout, ne revêtait pas une bien grande importance à leurs yeux, ni ne pouvait engager gravement leur responsabilité.

Le pilote s'enferma dans un hangar affecté aux réserves et rechanges, où il avait d'abord fait conduire son coucou et un nombre imposant de pots de peinture. Toute la gamme des ripolins, des matolins, des pasteurines et des vernis anglais s'y trouvaient au complet.

Quand nous disons : « Lécuyer s'enferma » nous voulons dire qu'il n'admit pas n'importe qui dans le hangar. A la porte, un planton exécutait une consigne rigide. Seul, en dehors du poète-pilote, en passe de devenir peintre et inventeur, cet excellent Fricot avait le droit de « mettre son nez dans le mystère » comme disait, en plaisantant, l'incorrigible capitaine Dumas.

Seul, Fricot était admis à l'honneur de travailler avec son chef, à la recherche « de la couleur d'azur ».

— Cela se passait sur le front, en pleine offensive? demandera le lecteur sceptique.

— Oui, cela se passait sur le front... et en pleine période d'offensive continuelle, car Lécuyer avait obtenu un second coucou — le « Sans-Nom » qu'il pilotait maintenant à chaque sortie de son escadrille; et c'est durant ses heures de repos, assez rares d'ailleurs, qu'il s'occupait à « vêtir son préféré d'un costume féerique tissé d'invisibles clartés ».

Petit à petit, à force d'essais, de touches et de retouches, de barbouillages en apparence parfois incohérents, mais au fond extrême-

(1) S. T. A. Section technique de l'Aéronautique.

ment étudiés, l'œuvre sortit des limbes, le monstre se façonna, l'ensemble fut dégagé.

Aux indiscrets qui le questionnaient avec trop d'insistance sur ses mystérieuses occupations auprès du lieutenant Lécuyer, Fricot répondait toujours avec à-propos, et même souvent avec un esprit caustique digne des meilleurs auteurs montmartrois.

— Eh bien! ce *Pégase*, auras-tu bientôt fini de le gaver de pouésie? demandait l'un.

— Arriverez-vous à lui faire pousser de vraies ailes de zoizeau, à force de pomper dans son réservoir à essence? faisait l'autre.

— Il est fourbu, le *Pégase*; il n'en mettra jamais plus un coup, disait un troisième.

— Non! mais, je voudrais tout de même bien savoir ce qui se mijote, là-dedans...

— Petite curieuse, va! narguait Fricot.

— Je sais... fit un jour le sergent-major Champion qui voulait toujours, et sans cause, passer pour être mieux renseigné que le commun.

— Vous savez quoi, chef?

— Je sais ce que je sais!

Alors, pouffant de rire, Fricot se mit à chanter :

« *Mais moi qui sais ce que je sais,*
Je partis sans lui rien dire...
Sans rien dire... »

Et, le lendemain matin, il souffla dans l'oreille du caporal Tronche, le bavard des bavards :

— Mon ieux, je peux bien te le dire à toi... Nous sommes en train de transformer *Pégase* en avion-cuisine. Si ça réussit, ma fortune est faite... le ieutenant devient fournisseur de la guerre, et ce sera moi le contremaître des ateliers... Avec l'avion-cuisine, on pourra porter la soupe chaude aux combattants de première ligne.... Je ne t'en dis pas plus long, mais ce sera épatant.

Le caporal Tronche ouvrait ses yeux, grands comme des rosaces de cathédrale, et il « gobait » à la perfection.

— T'en as de la veine! C'est le filon des filons, ça!

Et, comme Fricot prenait un air important pour répondre : « Tu parles, Charles!... » Tronche ajouta :

— Dis donc, Fricot, toi qu'es un ami... Si tu deviens contremaître, hein... tu tâcheras de me faire mettre en sursis pour m'embaucher?...

Là-dessus, le petit mécano farceur prit sa course vers le Bessonneau, en se tenant les côtes, tandis que ce pauvre Tronche se frottait les mains avec allégresse.

Lécuyer ne dormait plus. Son projet, malgré qu'il fût en pleine période d'exécution, tournait dans son cerveau à l'obsession, à l'idée fixe. Il ne prenait plus le temps de manger, à peine celui de dormir.

Enfin, le jour vint où il put se déclarer à peu près satisfait.

Ses continuelles et patientes recherches, auxquelles collaborait intelligemment Fricot, revêtaient enfin une forme concrète.

Sa persévérance allait être récompensée; il avait composé « la couleur d'azur ».

Sous les éclairages du Bessonneau, *Pégase* n'était certes pas invisible, mais sans doute le serait-il dans le ciel. Non pas invisible complètement ni à tout instant, mais son opacité se trouverait réduite au minimum, et certainement, à mille mètres du sol, il faudrait des yeux extrêmement exercés pour le découvrir.

V

L'avion fantôme

Sur la piste de départ, tous les aviateurs de l'escadrille entouraient « l'avion transparent ». Mais il n'y avait pas que des aviateurs. Tous les mécaniciens et les hommes de service, et les gradés du cadre qui n'étaient pas occupés, se tenaient là, à une distance respectueuse toutefois, car ils redoutaient un éclat du capitaine Ardent et quelque fougueuse invite à un prompt déguerpissage.

Pourtant, le capitaine Ardent était bien trop intéressé par ce qu'il voyait devant lui pour se soucier de ce qui se passait derrière.

Les camarades de Lécuyer, aussi bien ses supérieurs que ses sous-ordres, n'avaient d'yeux à ce moment que pour *Pégase*.

Et chacun émettait son opinion, son appréciation, tenait à placer son mot.

— C'est l'avion phénomène, ricanait un pilote.

— L'avion du phénomène, rectifiait un observateur.

— Cela fait deux phénomènes, ajoutait un troisième.

— En tout cas, le camouflage est curieux et habile, concluait un quatrième.

— Penses-tu que ces multiples et imperceptibles points de couleur semés sur toutes les parties extérieurement visibles de l'avion puissent le dérober à la vue, dès qu'il est en action de vol?

— Je ne peux l'affirmer, mais cela me semble assez probable. Tous ces points blancs, roses jaunes, bleus et vert clair doivent se confondre avec les poussières de lumière en suspens dans l'atmosphère.

— A condition que l'avion plane dans un ciel clair?

— Cela va de soi. Et encore, se peut-il que sur un fond de ciel sombre, la visibilité de l'appareil ainsi maquillé soit grandement atténuée.

— Nous allons pouvoir en juger.

— Eh bien, Lécuyer! Serez-vous bientôt prêt? demanda le capitaine Ardent.

— Cinq minutes encore, mon capitaine.

Autour de *Pégase*, Fricot et le sergent-chef des mécaniciens s'activaient.

— Alors, c'est vous, Dumas, qui partez comme passager avec Lécuyer? demanda le commandant des *Hirondelles*.

— Oui; je tiens à faire un petit tour... Voilà trois jours que je n'ai pris l'air...

— Soit. Mais regardez donc la figure que fait Valette!...

— Oh! Valette me cède sa place... pour une fois.

— Pour une fois... oui, mon capitaine.

Cinq minutes plus tard, *Pégase* s'enlevait avec majesté et, sur le terrain, les yeux des soldats le suivaient curieusement.

— Tenez... que vous disais-je?... Il échappe déjà aux regards.

— Tu es myope, mon vieux. Moi, je le vois aussi bien que je verrais un autre avion.

Pendant ce temps, Lécuyer gagnait insensiblement de la hauteur. A huit cents mètres on ne le distinguait pour ainsi dire plus, lorsque l'éclairage solaire le prenait sous certaines incidences.

— Il est évident, remarqua le capitaine Ardent en s'adressant aux officiers, que pour n'être pas invisible, l'avion de Lécuyer se voit beaucoup moins du sol que ne se verrait un autre avion.

— On ne peut pas dire que le camouflage imaginé par le « phénomène » résout le problème de l'invisibilité aérienne, voulut discuter un lieutenant qui n'aimait pas beaucoup le poète.

— Mais, intervint Valette, jamais Lécuyer n'a prétendu rendre son avion absolument invisible. N'a-t-il pas toujours dit que son procédé réduirait sensiblement la visibilité pour les observateurs au sol, et même pour les autres avions en vol?

— En effet, reconnut le commandant de l'escadrille; et le fait est... qu'il a dit vrai... Je ne sais si vous avez meilleure vue que moi, mais, depuis quelques instants déjà, je ne l'aperçois plus.

— Quelqu'un de vous le voit-il?

Personne ne répondit.

— Cependant, étant donné la vitesse ascensionnelle maxima de l'avion, nous savons qu'il ne peut pas être à plus de 1.200 mètres en ce moment.

— A moins qu'il ne se soit éloigné en direction horizontale. Distance équivaut à hauteur, susurra celui qui n'aimait pas Lécuyer.

— Pardon, rétorqua le capitaine Ardent; je crois à la parole de notre camarade. Il s'est engagé à ne prendre que les rayons les plus courts pour atteindre sa hauteur. Nous le connaissons assez pour savoir qu'il ne faillira pas à sa promesse. Oubliez-vous aussi que le capitaine Dumas est à son bord comme passager?

Le jaloux se tut. Ses camarades commençaient à le regarder de travers. La réponse pleine de bon sens et de justesse du chef lui avait « cloué le bec » selon l'expression de Valette.

Dès que *Pégase* fut revenu au sol, sans aucun incident, après une ascension de quarante-cinq minutes, pendant laquelle il était monté à 3.000 mètres environ, le capitaine commandant l'escadrille des *Hirondelles* félicita vivement Lécuyer.

— Je vais expédier immédiatement, par la voie hiérarchique, avec avis motivé (et vous devinez combien favorable!), le rapport que vous m'avez remis pour le sous-secrétariat de l'Aéronautique. Ceci à titre d'expérience purement personnelle et sous votre responsabilité. Votre idée est simple et pratique, comme le sont vraiment toutes les bonnes idées. Elle sera certainement appréciée en haut lieu, et vous serez félicité en conséquence.

« Etre félicité en conséquence », Lécuyer s'en souciait comme un poisson d'une pomme. Mais, il se promettait de mettre son dieu, Gabriele d'Annunzio, au courant de « sa trouvaille » et, si le Maître le félicitait à son tour, alors là, vraiment, il se trouverait satisfait.

Notre sympathique pilote n'avait, pas un seul instant, songé à tirer le plus petit profit matériel de son idée de camouflage nouveau pour avions.

C'est en cela qu'il se manifestait artiste et poète, c'est-à-dire généreux, désintéressé, « phénoménal » en somme.

Déjà, Lécuyer vivait son rêve...

— Ce que je vois, expliquait-il à Valette en l'entraînant par le bras dans la direction du Café de Mars, — spacieuse baraque en bois, édifiée à proximité du terrain d'aviation, par un honnête mercanti, à seule fin d'offrir aux aviateurs le moyen « philanthropique » de se désaltérer, — ce que je vois, c'est que les Boches ne sauront plus exactement « d'où ça leur tombe » ni « où ça se tient ».

« Je trouve follement amusant de pouvoir leur faire des blagues. Et toi?... Ne trouves-tu pas? Jouer au revenant, à l'avion mystérieux, à l'avion fantôme... J'en jubile d'avance.

« Tiens, mon grand bibi, entrons là... Je t'offre le porto, — si l'on peut dire!

— Le porto! Faudrait voir à ne pas insulter les Portugais, plaisanta Valette... Ce sont de bons et fidèles alliés.

—*—

— Tenez... que vous disais-je?... Il échappe déjà aux regards.
(p. 17.)

VI

Où Pégase, devenu « l'avion fantôme », commence à faire des blagues aux Boches

Les deux mains dans les poches, le nez au vent, la cigarette au bec, l'ineffable Fricot rôdaillait devant les Bessonneaux, tandis que ses camarades s'attardaient dans les cantonnements après le jus du matin.

« La route est froide,
Nom d'un kien!
La route est roide,
Ça fait rien!
Oh là! buvons la goutte
Tout le long de la route;
C'est une bonne affaire,
Lanlair, Lanlair, Lanlaire!...
Lonla, lonla, lonlaire! »

— « *Si joyeux... Si matin!...* » mon brave Fricot, se mit à chanter aussi le lieutenant Lécuyer, grand admirateur de *Louise* et de Gustave Charpentier. Quel heureux événement te rend donc si gai, dès la première heure du jour?

— Je sens qu'aujourd'hui, mon lieutenant, par un beau temps pareil, vous allez faire du travail de super-as, avec toute l'escadrille. Depuis trois jours, la bataille semblait s'être calmée. Le canon ne grondait plus avec autant de continuité, ni si proche de nous. Et, ce matin, le grand chambardement a recommencé. Or, ça vous savez, mon ieutenant, ça me chausse... Ah! si seulement je pouvais aller avec vous, rien qu'une petite fois!...

— Tu deviens éloquent et lyrique, ma parole, jeune et intéressant Fricot. Ta voix suppliante attendrirait même l'orgueil d'un Boche... Mais quelle idée de vouloir venir avec moi... Tu n'es pas mitrailleur.

— Moi, mon ieutenant?... Moi, pas mitrailleur!... Si l'on peut dire! Je sors de l'infanterie, voyons... et d'une section de mitrailleuses, encore!... Moi, pas mitrailleur!... Si je vous disais qu'en septembre 1914, oui, mon ieutenant, à l'attaque de Sampigny, qu'est mon pays natal, j'ai tiré pendant plus de vingt minutes avec ma mitrailleuse sur la maison de mes parents, où s'était abritée une section de Bavarois. Oui, sur la maison paternelle, mon ieutenant!... Moi, pas mitrailleur...

— Quoi qu'il en soit, Fricot de mon cœur, je ne vois pas du tout le moyen de satisfaire à ton désir.

« Il faudrait, d'abord, demander la permission au commandant, et obtenir ensuite le désistement du lieutenant Valette en ta faveur.

— Voulez-vous que j'y coure?

— Inutile, tout à fait inutile. Tu ne réussirais pas.

— Un planton s'approchait.

— Qui cherchez-vous, planton?

— Le lieutenant Lécuyer, mon lieutenant.

— Qu'y a-t-il?

— C'est le lieutenant Valette qui vous fait dire qu'il est malade ce matin. Le capitaine est déjà prévenu.

— Malade, Valette?... Qu'a-t-il donc?

— Je n'en sais rien, mon lieutenant, mais il m'a dit comme ça de vous avertir.

A l'annonce de cette nouvelle, les petits yeux malins de Mons. Fricot s'étaient mis à sourire. Les yeux, oui; car Fricot présentait cette particularité originale de pouvoir sourire avec les yeux, comme d'autres sourient avec les lèvres, et sans qu'un muscle de sa face perdît l'immobilité.

Le mitrailleur du lieutenant Lécuyer, malade, cela faisait tout à fait son affaire. Le remplaçant éventuel du lieutenant Valette, adjudant Parmentier, ne se trouvait-il pas précisément en permission de détente... Alors?... L'escadrille n'allait certes pas rester inactive par un beau temps pareil. Le lieutenant Georges Lécuyer ne profiterait pas de l'absence de son passager pour demander à rester à terre... Non, non, non, une pareille éventualité n'était même pas à envisager.

A cet instant précis du raisonnement de Fricot, les regards de l'officier pilote et de son mécanicien se croisèrent et, tout de suite, les deux hommes, s'étant devinés, se mirent à rire.

— Bon, je vais demander au capitaine l'autorisation de t'emmener. Je ne crois pas qu'il me la refuse. Tiens-toi prêt.

Mais que va dire le sergent mécanicien s'il a besoin de toi?

— Ah! pour une fois... siffla Fricot, flûte!

A 6 h. 35, l'escadrille BR-249 prit son vol.

Le lieutenant Lécuyer n'avait pas obtenu seulement l'autorisation de prendre à son bord le sémillant Fricot comme mitrailleur, mais encore celle d'inaugurer une tactique aérienne de combat dont il espérait les meilleurs résultats.

Tandis que ses camarades, en formation régulière, filaient dans la direction des troisièmes lignes ennemies, pour y accomplir leur mission, en exécutant les ordres qui venaient d'être téléphoniquement transmis au capitaine Ardent par le commandant du groupe, *Pégase*, en serre-file, ne semblait aucunement se presser.

Lorsque les *Hirondelles* arrivèrent au-dessus du rassemblement boche signalé, ils descendirent en trombe et mitraillèrent au passage, à bout portant, les fantassins de la Garde Prussienne, avant que ceux-ci pussent trouver le temps de s'y reconnaître.

C'était là, pour eux, une de ces surprises auxquelles ils n'avaient encore pu s'habituer, malgré que de tels incidents devinssent de plus en plus fréquents depuis notre contre-offensive de juillet.

Aussi, nos aviateurs purent-ils voir les deux régiments rassemblés se disloquer, s'essaimer, abandonnant morts et blessés au carrefour des routes où venait d'avoir lieu l'attaque soudaine.

Mais une escadrille ennemie apparaissait à l'horizon. Les nôtres se hâtèrent de reprendre de la hauteur pour recevoir poliment les arrivants.

Seul, le lieutenant Lécuyer continuait ses évolutions calmes à 1.000 mètres environ, au-dessus du terrain que venaient de survoler ses amis. Il attendait un événement qui ne pouvait manquer de se produire et qui se produisit bientôt, en effet.

A peine les avions français s'étaient-ils éloignés pour se porter à la rencontre des fokker ou des pfalz, que les troupes dispersées quelques instants auparavant par l'attaque se reformèrent sous les ordres de leurs officiers. Et ceux-ci ne cherchaient pas à se faire obéir de leur troupeau par la douceur...

Dès que le rassemblement lui parut complet, Lécuyer redescendit en vol plané jusqu'à 50 mètres du sol.

— Attention! cria-t-il à Fricot.

— J'ai l'œil! hurla celui-ci en répons.

Inexpérimenté comme il l'était et, trop désireux de bien faire pour ne pas s'en trouver ému, Fricot lâcha, un peu au hasard, les deux torpilles dont l'avait muni le pilote avant leur départ.

Si le hasard n'était pas un fantaisiste déroutant, il ne serait plus le hasard. Les deux torpilles de Fricot tombèrent chacune sur un fourgon rempli de munitions qui n'attendaient, peut-on croire, qu'une occasion comme celle-là pour se donner de l'air.

Pour une belle explosion, ce fut une belle explosion!

— Mouche!... J'ai fait mouche! mon ieutenant. A moi le coquetier! hurlait Fricot, au comble de la joie.

— Félicitations, mon petit.

Une bonne pensée traversa soudain l'esprit du mécano-mitrailleur.

— Il y a encore la manivelle, mon ieutenant. Si on « en remettait », pendant qu'ils en sont encore comme deux ronds de flanc?

— Mais, comment donc...

Le pilote avait, naturellement, repris de la hauteur pendant ce dialogue. Profitant de son invisibilité relative, il redescendit une fois de plus, en vol plané. En passant au-dessus des Boches, à 20 mètres à peine cette fois, Fricot tourna la manivelle du « moulin à café » avec frénésie...

Et tandis que le pilote répétait sa manœuvre difficile, faisant cabrer son avion et mettant toute la sauce, pour « monter en chandelle », les Boches affolés cherchaient dans le ciel l'« avion fantôme ».

Après avoir mis les « pfalz » en fuite, sans même que ceux-ci consentissent à accepter le combat, les camarades de Lécuyer n'eurent plus qu'à rentrer au terrain. Ils y parvinrent, sans incident digne d'être relaté.

Pégase vint se poser « comme une fleur » sur la piste d'atterrissage, cinq minutes plus tard.

Le lendemain, le capitaine Ardent émettait un avis « très favorable » à la demande du mécanicien Fricot qui demandait à passer dans « le personnel navigant » après avoir déclaré à ses meilleurs amis de la mécanique : « Hier, voyez-vous, ce fut pour moi un jour qui « vaut cent » et que je ne donnerais pas pour dix ans de la vie de ma pipelette! »

VII

Dans l'azur enflammé

Promu lieutenant après neuf mois de grade de sous-lieutenant, le pilote et poète Lécuyer nageait dans la joie, tout autant que le mécanicien Fricot.

Non pas à cause de sa nomination, mais parce que plusieurs aviateurs, et non des moindres, venaient d'adopter pour leur usage personnel son modèle de camouflage, en attendant une généralisation officielle qui ne pouvait tarder, malgré que la S. T. A. eût déjà renoncé aux camouflages. Le fait est que les résultats acquis méritaient bien cet honneur.

Cependant, l'escadrille des *Hirondelles* n'avait plus aucun répit. Elle opérait maintenant en liaison étroite avec un groupe de bombardement.

Les Boches « décollaient » de partout, en ce mois d'octobre 1918. Ils venaient de lâcher Cambrai et l'Argonne, sous l'irrésistible poussée des armées alliées.

Pour le lieutenant Lécuyer et pour son excellent camarade Valette, cette vie de fièvre et de bataille ininterrompue étaient la plus belle qu'ils eussent rêvée. La fatigue, les dangers courus?...

— Baste per la baste! disait Valette en Méridional. Est-ce que le soldat doit compter avec ces facteurs? ...

Le seul ennui que ressentit le poète, parmi tant de plaisirs, c'était de ne pas trouver le temps d'achever un poème récemment commencé et qu'il voulait dédier « au poilu » — « au simple poilu » — en loques, minable, boueux, plein de totos, plein de misère et plein de cœur!

Tes exploits, ô poilu! ont éclipsé l'Histoire,
Surpassé la légende et fait pâlir la gloire!...

Le 11 octobre, alors que les Boches râlaient depuis plusieurs jours sous l'irrésistible étreinte des armées de Foch, l'escadrille des *Hirondelles* prit l'air comme de coutume, à la pointe du jour.

Dans leur rage désespérée, les barbares à l'esprit diabolique s'évertuaient à trouver les formules les plus infâmes de l'horreur :

villes minées, puits et sources empoisonnés, arbres fruitiers rasés, maisons incendiées, pièges compliqués abandonnés derrière eux pour que vinssent y tomber nos soldats : le crime, l'horreur et l'infamie dans tout ce qu'ils ont de plus cruel et de plus hideux.

Les pilotes du capitaine Ardent avaient reçu l'ordre de redoubler encore d'audace et d'activité, pour ne laisser aucun répit à l'ennemi en retraite et d'aller plus avant encore au delà de ses lignes pour désorganiser ses mouvements et semer la panique.

Pendant une de ces sorties, les *Hirondelles* volaient en formation normale, à 1.200 mètres d'altitude environ. Contrairement à ce qui avait lieu d'habitude, aucun tir de barrage n'avait essayé d'entraver leur passage.

Les aviateurs se trouvaient à l'est de Ribémont, sur la droite de Saint-Quentin, et se préparaient à descendre en trombe, pour attaquer, au ras du sol, troupes et convois en marche lorsque, dans l'espace, des sifflements prolongés résonnèrent tout à coup.

En même temps, au-dessus, autour et au-dessous d'eux, à droite, à gauche, de tous les côtés à la fois, des fusées incendiaires lancées du sol embrasaient littéralement le ciel.

C'étaient de nouvelles « chenilles », des « bouquets », des fusées à gaz inflammables dont les Boches faisaient ainsi l'essai.

Plus dangereuses peut-être que les obus, elles obligèrent la formation du capitaine Ardent à se disloquer.

Fort habilement, d'ailleurs, les pilotes de la B R 249 échappèrent au danger en gagnant des altitudes où les fusées ne portaient pas et, le commandant, qui ne lâchait pas prise facilement, signala l'ordre d'agir isolément.

Pour sa part, et profitant de l'invisibilité protectrice que lui donnait son camouflage « rationnel » et soigné, Lécuyer revint à la charge vingt minutes plus tard, et le lieutenant Valette eut la satisfaction d'arroser copieusement un état-major rassemblé sur la grand'place de G... Puis, *Pégase* s'éleva de nouveau vers les nuages. Les fusées à gaz embrasaient le ciel, et les deux amis, invulnérables, purent contempler, en frémissant, l'incendie de l'azur!

Au-dessous d'eux, d'épaisses fumées montant des lignes de réserve allemandes décelaient les crimes des nouveaux Huns.

— Qu'est-ce que c'est? demanda Lécuyer.

— Il y a le feu chez les Boches, répondit le mitrailleur.

Alors une idée gavroche lui passa par la tête.

Se dressant debout et bien droit dans la carlingue, le lieutenant marquis Valette de Lapérine de Courtoy fit, par-dessus bord « pipi » sur les soldats de Sa Majesté le Kaiser!

Imp. d'Editions, 9, rue Edouard-Jacques, Paris.

IMP. E. LAFFRAY — RUE D'ALENÇON, PARIS

www.ingramcontent.com/pod-product-compliance
Ingram Content Group UK Ltd.
Pitfield, Milton Keynes, MK11 3LW, UK
UKHW021035220726
13924UKWH00001B/324

9 782019 931995